閱讀123

國家圖書館出版品預行編目資料

文字塔大闖關／陳沛慈 文；森本美術文化 圖 -- 第二版. -- 臺北市：親子天下, 2019.07 137 面； 14.8x21公分. --（閱讀123） ISBN 978-957-503-441-2（平裝）

863.59 108009261

閱讀 123 系列——065

小熊寬寬與魔法提琴 3

文字塔大闖關

作　者｜陳沛慈
繪　者｜森本美術文化
責任編輯｜黃雅妮、陳毓書
美術設計｜蕭雅慧
行銷企劃｜王予農、林思妤

發行人｜殷允芃
創辦人兼執行長｜何琦瑜
副總經理｜林彥傑
總監｜黃雅妮
版權專員｜何晨瑋、黃微真

出版者｜親子天下股份有限公司
地址｜台北市 104 建國北路一段 96 號 4 樓
電話｜（02）2509-2800　傳真｜（02）2509-2462
網址｜ www.parenting.com.tw
讀者服務專線｜（02）2662-0332 週一～週五：09:00~17:30
讀者服務傳真｜（02）2662-6048
客服信箱｜ bill@cw.com.tw
法律顧問｜台英國際商務法律事務所・羅明通律師
製版印刷｜中原造像股份有限公司
總經銷｜大和圖書有限公司　電話｜（02）8990-2588

出版日期｜ 2016 年 10 月第一版第一次印行
2021 年 7 月第二版第五次印行
定價｜ 260 元
書號｜ BKKCD132P
ISBN ｜ 978-957-503-441-2（平裝）

訂購服務
親子天下 Shopping ｜ shopping.parenting.com.tw
海外・大量訂購｜ parenting@cw.com.tw
書香花園｜台北市建國北路二段 6 巷 11 號　電話｜（02）2506-1635
劃撥帳號｜ 50331356 親子天下股份有限公司

小熊寬寬與魔法提琴 3

文字塔大闖關

文 陳沛慈　圖 森本美術文化

目次

角色登場

熊媽媽

熊家小吃店的大主廚，年紀不小脾氣更不小。喜歡創造新奇有趣的美食，最討厭浪費食物和半途而廢的人。

小熊寬寬

住在樂活森林裡的小熊，個性憨厚又熱心，人緣非常好。成為魔法小提琴的擁有者後，意外跟著小提琴一起經歷大大小小的歷險旅程。

熊爸爸

年輕時愛喝陳年老酒，現在只能喝陳年老醋。擁有高人一等的記憶力和體力，對寬寬和熊媽媽包容性十足。很愛乾淨，最討厭被人誣賴亂放屁。

狐狸老師

音樂學院的高材生，畢業後，在皇家音樂學院當老師。因為表現得太優秀，引起國王的忌妒。國王找了一個亂七八糟的理由，將他解職。

高富帥

一個帥氣的男人，綽號是小番薯，很喜歡顛倒女巫；但是不好意思說。

前情提要

文字王國的顛倒女巫因為喜歡音樂，設法偷走音樂王國的魔法小提琴。一天，樂活森林裡的小熊寬寬，無意間用隱形小提琴擊敗了顛倒女巫，成為魔法小提琴的新主人，顛倒女巫則被關進音樂王國的監牢裡反省。顛倒女巫真的會好好反省嗎？她說的話能信嗎？還是她會想出什麼更恐怖的計謀呢？

一

餐點拉不停

秋風吹、蜻蜓追、森林落葉一堆堆
秋風吹、風箏飛、秋高氣爽令人醉

明天就是一年一度的賞月大會了，賞月大會是樂活森林裡最盛大的聚會。每到中秋時節，當又圓又大的月亮，爬上松樹爺爺的樹梢時，家家戶戶便會端出拿手好菜，聚集在松樹爺爺旁的空地，沐浴在潔淨的月光下，一面品嘗好料理、一面分享好心情。

然而今年卻大不相同，沒看到認真準備佳餚的居民，倒是看見大家成群結隊的走進熊家小吃店。

「998、999、1000！一千顆焦糖核桃！」歡呼聲中，寬寬累得癱在椅子上，一句話也說不出來。

「換我了。來，快用魔法小提琴演奏，幫兔爺爺拉出五十份紅蘿蔔鳳梨汁、三十份紅燒白蘿蔔、還有六十份有機番茄炒蛋。」兔爺爺一邊拿著老花眼鏡；一邊看著手上的清單。

「兔爺爺，我的手好瘦，已經拉不動了。」寬寬有氣無力的搖著頭。

「看在我平時那麼疼你，就幫兔爺爺咬牙再拉幾下吧！」

熊媽媽拿著又粗又長的擀麵棍從廚房裡走出來，

「咳，小吃店要開始夜間營業了，不用餐的人請離開。」

「不然我把清單放這裡好了。」

「我也是，就麻煩寬寬嘍。」

「我也要回家看連續劇。」

清單像秋天的落葉，飄落到餐桌上。

「唉，這該怎麼辦才好？」熊媽媽拿起一大疊清單。

「他們怎麼不自己準備呢？」熊爸爸氣呼呼的拍桌子，「咦？這是什麼？」

一張粉紅色的信封從清單中掉了出來。

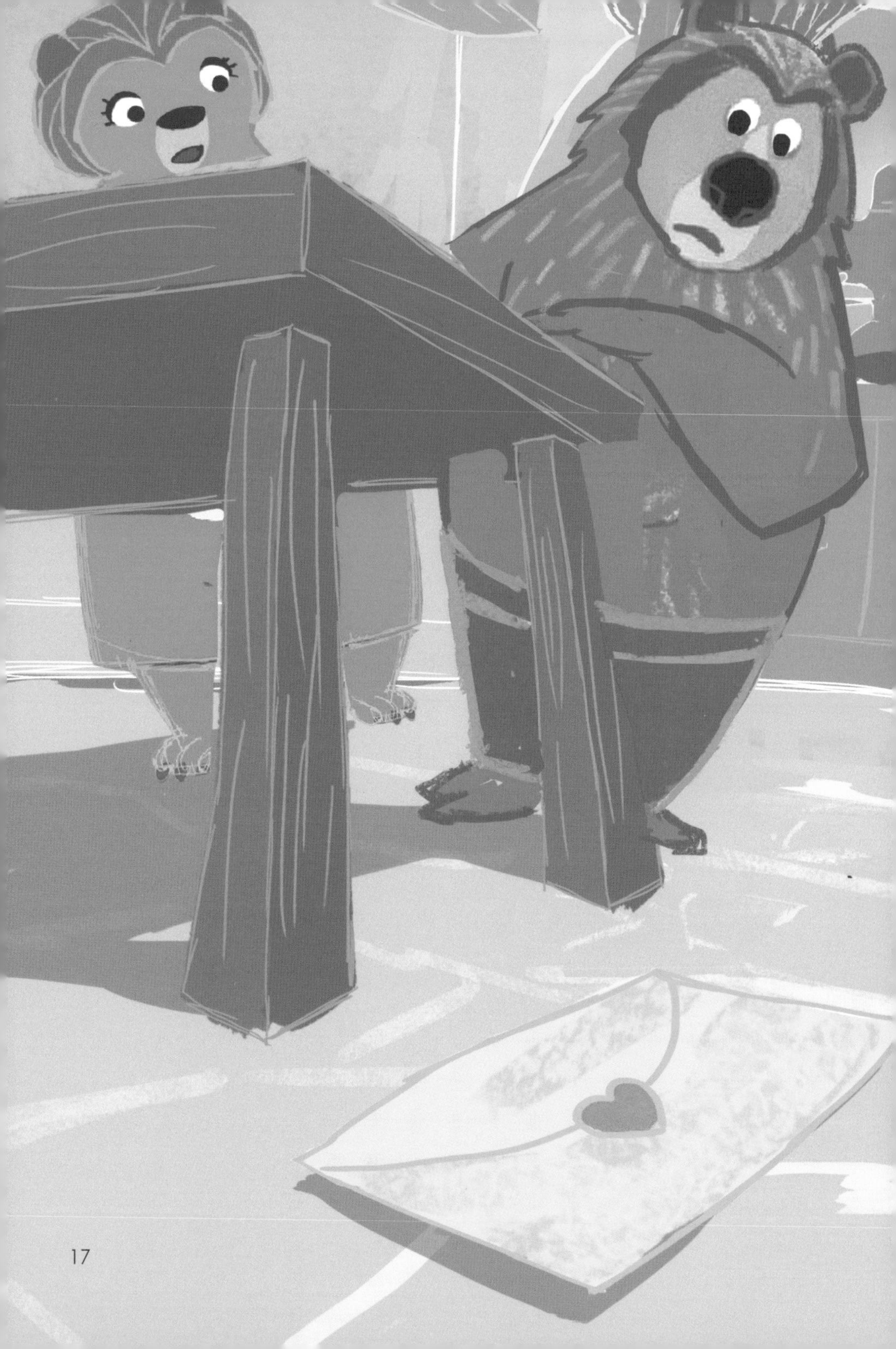

那是一封顛倒女巫出獄前，從音樂王國監獄裡寄出的道歉信。

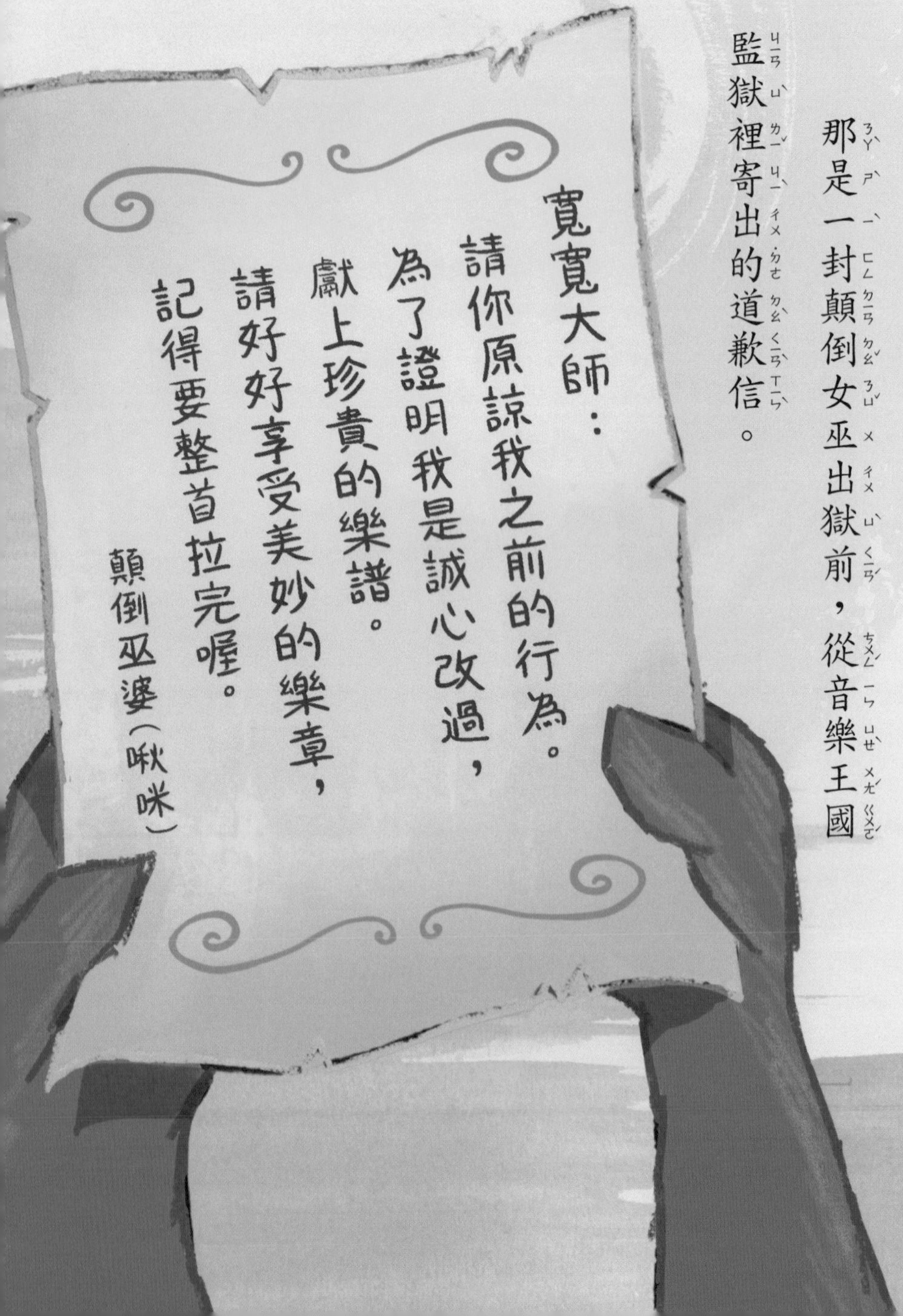
寬寬大師：

請你原諒我之前的行為。

為了證明我是誠心改過，

獻上珍貴的樂譜。

請好好享受美妙的樂章，

記得要整首拉完喔。

顛倒巫婆（啾咪）

寬寬想起顛倒女巫從鼻孔裡掏出魔法棒的模樣，忍不住打了一個冷顫。

熊媽媽卻欣慰的點點頭：「看來她真的改過自新了。」

「知錯能改，這個巫婆非常有勇氣，下次我請她吃頓飯。」熊爸爸拍拍寬寬的肩膀，「跟她做個朋友吧。」

寬寬不想告訴爸爸、媽媽，顛倒女巫有多可怕，因為他不希望爸爸、媽媽太擔心。

「寬寬，你快拉女巫送的樂譜，說不定會出現什麼有趣的東西。」

幾位小吃店的常客開始起鬨。

第一張樂譜的題目：沒有眼睛也沒有嘴巴。

第二張樂譜上寫著：聰明絕頂。

「先拉第二張好嗎？」寬寬問小提琴，琴身上叮叮咚咚出現「沒問題」三個字。

一會兒高、一會兒低的曲調，讓寬寬拉得很吃力，中間還有幾個沒看過的記號，還好曲調很短，一下子就拉完了。

最後一個音符拉完時，樂譜竟然「噗！」的一聲消失了。

大家東看看、西瞧瞧，既沒有出現什麼東西，也沒有什麼改變。「太好了，只是普通的樂譜。」寬寬

放心演奏另一張樂譜。結束時，樂譜在一陣尖笑聲後也消失了。

「好了，表演結束，各位要點什麼？今天的特餐是馬鈴薯咖哩。」熊爸爸招呼客人就座。

這時，回音樂學院當老師的白狐狸老師，慌張的衝進小吃店，大叫著：「別拉琴！千萬別拉琴！」。

二

全部都反了！

白狐狸老師將魔法小提琴借了過去，仔仔細細的檢查好幾遍後，才安心將小提琴還給寬寬。

「老師，小提琴有問題嗎？」寬寬好奇的問。

「可惡的顛倒女巫，出獄前寄了樂譜給每個魔法樂器，只要演奏她送的樂譜，就會中了她的魔法。現在所

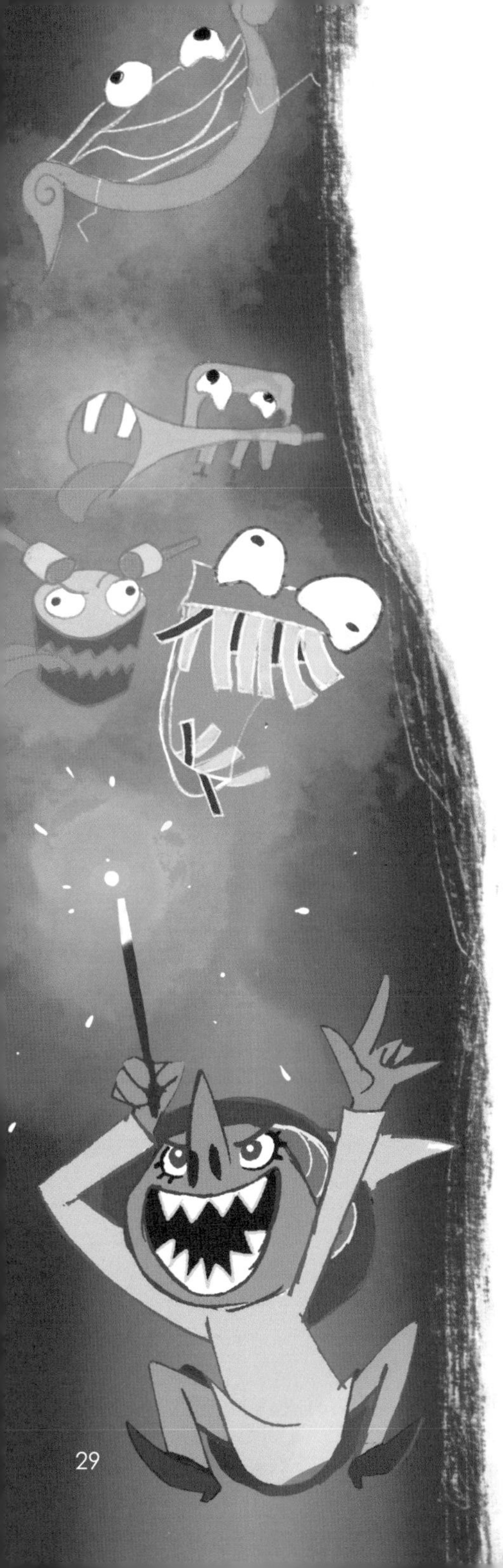

有的魔法樂器全變得瘋瘋癲癲，還好你沒有演奏。」白狐狸鬆了一大口氣，「快把樂譜交給我，讓我將它封印起來。」

「糟糕，剛剛我已經演奏了！」寬寬跳了起來。

「什麼！」白狐狸也從座位上跳了起來。

「吵死了！」一個陌生的聲音大聲罵著。

所有人的目光同時轉向餐桌，只見魔法小提琴咧著嘴，笑著說：「哈囉，你們好啊。」

大家不約而同的叫了起來：「他有眼睛和嘴巴！」

「這有什麼好奇怪？你們不是也有眼睛和嘴巴。唉唷，我的天啊，寬寬你長得還真呆呢。」魔法小提琴一

雙大眼睛不停的東張西望，一張大嘴也說個不停。

「請問……你是誰？」寬寬狐疑的看著小提琴問。

「小呆寬，你問我是誰，我當然是魔法小提琴啊，不過，從今以後請叫我『梅感琴』。」小提琴口沫橫飛的說著。

「完了！他也中了顛倒女巫的魔法。」白狐狸老師抱著頭大叫。

「原來你有名字啊，能和你說話真是太好了！」寬寬蹲在小提琴旁邊，興奮的和他聊天。

「哇，小提琴竟然會說話耶。」所有客人都瞪大眼睛，不可思議的看著這把會說話的小提琴。

「你們一家人還真胖啊，難怪一天到晚要我拉出吃的東西。」梅感琴轉向其他人，「還有你們這些村民啊。我鄭重聲明，從此以後，本大爺再也不幫你們拉什麼蘿蔔、青菜了！無聊死了！」

雖然梅感琴嘮嘮叨叨，大家還是興奮的圍著他，你一言我一語，聊個不停。

白狐狸老師乘機將寬寬拉到一旁。

二

有眼睛，有嘴巴

「快告訴我，顛倒女巫給你的樂章是什麼題目？」

白狐狸老師緊張的問。

「〈沒有眼睛也沒有嘴巴〉和〈聰明絕頂〉。」寬寬想回去和小提琴聊天，卻被老師拉住。

「你也變笨了嗎？」白狐狸大叫。

「有嗎？」寬寬摸摸自己的腦袋。

白狐狸嘆了口氣：「你忘了顛倒女巫為什麼叫做顛倒女巫嗎？」

「為什麼？」

「天啊，我快瘋了！」白狐狸老師做了好幾次深呼吸，終於耐下性子解釋，「顛倒女巫以什麼都顛倒聞名。所以，〈沒有眼睛也沒有嘴巴〉樂章，讓小提琴長出眼睛和嘴巴。」

「那〈聰明絕頂〉是會變成大笨蛋嗎？」寬寬擔憂的問。

「你是說小提琴中了魔法，所以現在頭腦不正常？」熊媽媽走過來。

「老太婆，不要以為你是寬寬的媽媽，就可以侮辱我！」梅感琴大聲抗議。

「竟然叫我老太婆！」熊媽媽咬著牙，瞪著梅感琴。寬寬將梅感琴移到自己身後，趕緊轉移話題：「老師，要怎麼做才能讓他恢復正常？」

「照理說，〈聰明絕頂〉應該會讓梅感琴變得『非常愚笨』，可是他好像沒有很笨啊。」老師自言自語。

「什麼沒有很笨，我根本是超級無敵聰明！」梅感琴狂妄的放聲大笑。

「寬寬，你拉那兩個樂章時，有沒有拉錯拍子或音不準？」白狐狸老師問。

「應該沒有。」。

「你怎麼會問小呆寬呢。」梅感琴翻了個白眼，酸溜溜的說：「小呆寬，音拉得準、拍子也沒錯，但是，他看不懂升記號和降記號，當然拉得不完整啊。」

「什麼記號？」

「啊！對喔，我忘了教你升、降記號。這真是太好了！」白狐狸高興的拍手叫好。

「什麼太好了？都是你這個爛老師，害我總是拉出不完整的樂章，真是可惡。」梅感琴用嘴巴咬住弓，不停敲打白狐狸老師的頭，惹得大家哈哈大笑。

當大家笑成一團時，一張大網子偷偷的從背後，網住寬寬和梅感琴。

四 文字塔有什麼機關？

大家還來不及反應，寬寬和梅感琴已經被一群巫師帶走了。

「你們是誰？快放我們下去！我要拉出一隻噴火龍，把你們吃掉。我要拉出螞蟻大軍狠狠的咬你們。」梅感琴在網子裡破口大罵。

「梅感琴，你不要亂動，掉下去就慘了。」寬寬乖

乖坐在網子裡，緊緊抱住梅感琴。

他們飛過一座又一座高山，越過一個又一個湖泊，終於降落在一座尖聳的高塔前。

「寬寬大師，我是音樂王國的胡圖魔法師，請原諒我們用這種方式請你幫忙。」魔法師帶著歉意，輕輕放下網子。

「幫什麼忙？」寬寬抱著梅感琴爬出網子。

「國王想麻煩寬寬大師，幫魔法樂器們解除顛倒女巫的魔法。」

「又是顛倒女巫！可是……我不會魔法。」寬寬搖著頭，不好意思的說：「真是對不起，我幫不上忙啊！」

「你們都搞錯了。真正厲害的是我，我又聰明又帥氣，你們應該來拜託我才對。」梅感琴沾沾自喜。

「太棒了，拜託偉大的魔法小提琴和寬寬大師，一切就靠你們了。」胡圖巫師塞給寬寬一個背包，「這是一些小道具，希望對你們有幫助。」說完，就和其他巫師駕著掃把逃走了。

「滾吧！愛放屁又有口臭的臭巫師！就讓偉大的梅感琴來拯救其他的魔法樂器吧。」梅感琴豪邁的叫著。

「喂喂，別走啊！別走啊！」看著魔法師離去的背影，寬寬無奈的打開背包。

他一樣一樣清點背包裡的東西：一大包痠痛藥布、一根全新的刷子和一綑棉線。寬寬不懂，這些東西能有什麼幫助。

「你們要進入文字塔嗎？」一個帥氣的男人從岩石後面走出來。

「叔叔，文字塔是什麼？」寬寬不解的問。

「就是你們眼前這座高塔呀，我聽到你們要去解除魔法樂器們中的魔法。」男人向寬寬解釋，「我是高富帥魔法師，可以跟你們一起走嗎？我也想找顛倒女巫。」

「有同伴當然好啊。」寬寬抱著梅感琴，跟著高富帥一起走向高塔，一邊走一邊問，「你也是要來協助解除魔法樂器的魔咒嗎？」

梅感琴對眼前這個高富帥打量著，「依我看不是吧，看你渾身上下充滿妖氣，八成和那個三八巫婆是同一國的……」

「這座塔為什麼叫『文字塔』呢？」梅感琴沒禮貌的發言，讓寬寬趕緊轉移話題，大聲的問。

「文字塔，可是偉大的文字巫師們合力建造的高塔，是一個充滿文字機關的地方啊，而且……」高富帥語帶玄機的把話打住，「反正等你進去就知道了。」

「雞冠？管他是公雞還是母雞，我會讓他們全變成烤雞！哈哈哈！」梅感琴興奮的大笑。

當三個人一來一往的交談時，一個揹著背包、揮汗如雨的背影匆忙飛過來，到達時他們三人已走進文字塔。

「喂！拿錯包包了。算了，寬寬大師那麼厲害，應該不需要魔法道具的幫忙。只是可惜了我新買的馬桶刷，還有要送給媽媽的藥布和棉線。」胡圖魔法師看著他們的背影，自言自語的說著。

五

火車快飛

文字高塔的一樓是座小月臺，幾列迷你小火車停在鐵軌上。

「好可愛的小火車喔。」寬寬興奮的走向小火車，卻被高富帥攔住，「等一等！」

「這是詞語接龍小火車。題目在火車頭前方，每說出一個語詞，火車就會前進一步，大約說完七十個語詞，就能抵達二樓。可是，途中只要錯三次，就會被變成癩蛤蟆。」高富帥指著在地上爬行的癩蛤蟆。

「小把戲，不要說七十個了，就算七千個也難不倒我。」梅感琴要寬寬坐上題目是「樂器」的火車。

一坐上火車，梅感琴馬上說：「樂器、氣死……」。

火車頭閃起警告性黃燈，梅感琴的琴身上冒出好幾顆疙瘩，「不行不行，要同一個字才算通過。」

「不早說！簡單！」梅感琴大聲回答：「樂器、器具……」火車果真往前移動一步。

樂器、器具

文字
字體
體操、操場
場合、合作……

高富帥選了「文字」的火車，「文字、字體、體操、操場、場合、合作……」火車平穩有節奏的噠噠噠往二樓邁進。

「寬寬，我們快追。」梅感琴催促著。

「好，樂器、器具、具……」寬寬還在想，梅感琴就大叫：「笨耶。我來！樂器、器具、巨人」火車閃出紅色的警示燈，梅感琴的嘴裡冒出癩蛤蟆的長舌頭。

不等梅感琴再開口，寬寬撕開背包裡的痠痛貼布，貼在梅感琴的嘴巴上：「對不起，我不想看你變成癩蛤蟆，你休息一下吧。」

寬寬小心翼翼的說出每個語詞：「樂器、器具、

具……具有、有趣、趣味、味道、道理……」。

到達二樓時，愁眉苦臉的高富帥已經在等他們了。

六

一馬當先

高富帥指著對面的樓梯說：「那是通往三樓的樓梯，可是，要能安全通過這個房間才行。」

二樓的地板鋪滿大磁磚，每塊磁磚上有一個字。

「這是什麼地板？」寬寬邊撕掉梅感琴嘴上的痠痛藥布邊問。

「臭小子，你敢再貼住我的嘴巴，我就把你變成熊頭小章魚。」梅感琴罵到一半，目光被文字地板吸引，立刻變得興高采烈：「哇，小呆寬，我們快去玩跳格子（ㄗˇ），看（ㄎㄢˋ）起（ㄑㄧˇ）來（ㄌㄞˊ）好（ㄏㄠˇ）好（ㄏㄠˇ）玩（ㄨㄢˊ）。」

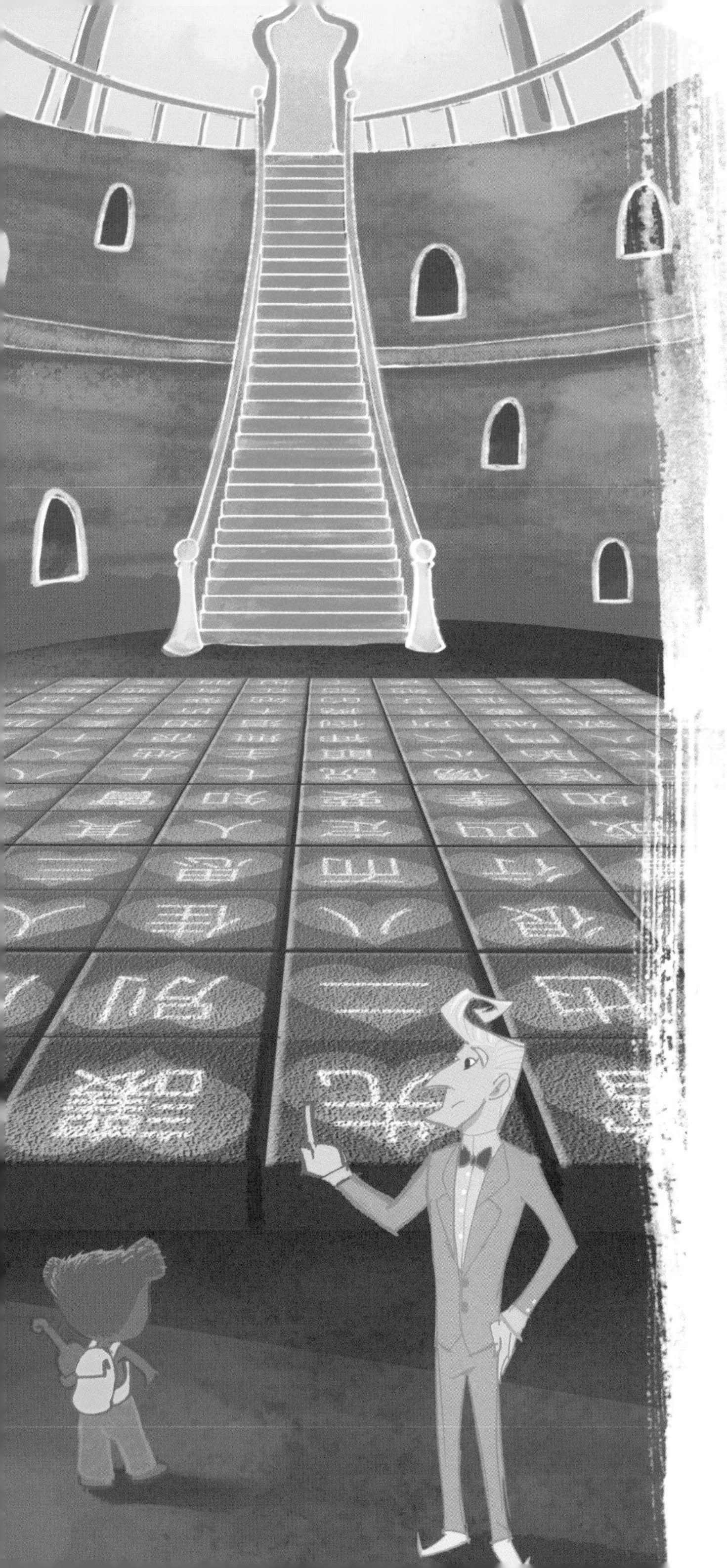

「這不是普通的格子，只要錯一步，就會被變成小飛蚊啊。」高富帥揮著手，想趕走頭上密密麻麻的小飛蚊。

「那，要怎麼走？可以用飛天掃把嗎？」寬寬往後退了兩步。

「在文字塔裡，所有的飛天掃把和法術都無法施展，不然我早就用法術飛到頂樓了。」高富帥喪氣的說。

「笨，這是數字成語地板，從數字一的成語開始，接著再找二的成語，一路走下去就沒問題了，快走吧。」梅感琴催促著。

「你怎麼知道？」寬寬問。

「你忘了嗎？顛倒女巫是我的前任主人。」梅感琴得意洋洋的說：「我還知道她很多祕密喔，比方說我就知道她喜歡誰。」

「誰？她喜歡誰？」高富帥張大雙眼緊張的問。

「好像是馬鈴薯什麼的……」梅感琴的話，讓高富帥像洩了氣的皮球。

「怎麼不是喜歡小番薯？我本名是小番薯，是最愛戀她的小番薯啊……」高富帥一會兒喃喃自語，一會兒嚎啕大哭。

寬寬站在地板前看了好久：「真的耶，我看到數字成語了！但裡頭好像藏有其他密碼……」，他小心翼翼的從「一馬當先」開始走，果真沒有問題。

有一馬當先讓什友是分
一喜大也二別麼很她辨
個歡家很八佳人想不誰
小文當行而思三要懂愛
女字成四定人其有怎她
巫春如季要知實下九牛
喜五怪傷說七上八麼一
歡花胎心顛主她人交毛
音八門六神無很十全十
樂就她所倒道想美朋真
逢難載千撓不折百友是
萬被很以的她要愛也可
籟俱生她話在有她無憐
不寂氣決不想朋只法啊

於是，寬寬拉著失魂落魄的高富帥往前走，沒想到高富帥第一步就踩錯，瞬間，高富帥頭部以下已經變成了小飛蚊，他頭也不回獨自往樓梯飛去。

寬寬順利通過地板，從樓梯上，回頭看了地板好一陣子，才若有所思的走上三樓。

七 不笑巨人哈哈笑

三樓，有個愁眉不展的巨人躺在沙發上嘆氣。

「你們想找顛倒女巫？」巨人問。

「請問可以讓我們上樓嗎？」寬寬問巨人。

「沒問題，上面還有九十二層樓和九十二個關卡，等你們到達頂樓，顛倒女巫早已經去環遊世界了。」巨

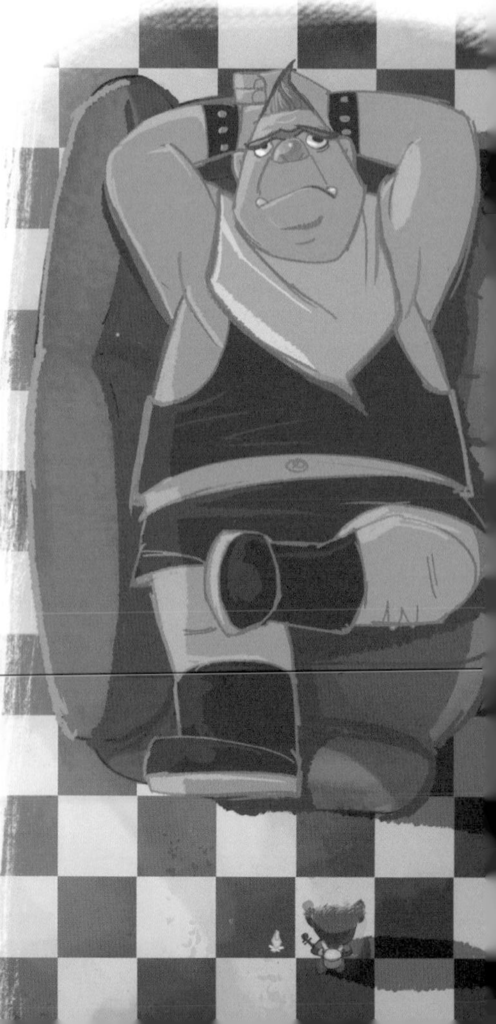

人繼續說：「不過，我這裡有直達電梯的鑰匙，只要你們說的笑話，能讓我笑出來，我就把鑰匙給你們。」

「我先來吧。」聽到顛倒女巫要去環遊世界，高富帥急忙飛向前去。

「點名時，老師叫：『朱肚皮』，叫了好多次都沒有人回答。老師最後一次說：『十八號，朱肚皮』。一個小孩站起來說：『老師，我是十八號，可是我的名字是朱月坡』。」

哈哈哈哈！
老師，我是朱月坡

巨人嘆了一口氣：「老掉牙。」

「讓笑話大王來！我認識一位小女孩，她的名字叫做珍香，她哥哥叫豪馳。可是，他們卻姓史。哈哈……屎真香和屎好吃，哈哈……」梅感琴笑個不停，長古頭在嘴巴外面晃來晃去。

巨人瞪了梅感琴一眼：

「哼！低級！小熊換你了。」

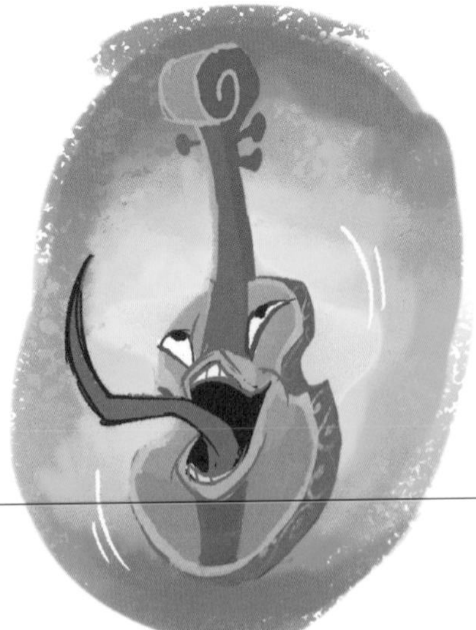

寬寬抓抓頭，小聲的問巨人：「你牙齒痛嗎？」

「你怎麼知道。」巨人用手撐著下巴。

「我爸爸牙痛的時候也是像你這樣。請你把嘴巴張開，讓我看一下好嗎？」寬寬關心的語調，讓巨人張開了嘴。

「我的天，好臭。」高富帥大叫。

寬寬將梅感琴放在一旁，摀著鼻子把頭探進巨人的嘴裡，他發現一根大魚刺正卡在巨人的牙縫中，而其他的牙縫也塞滿菜渣和肉屑。寬寬花了好大的力氣才將魚刺拔出來，接著從背包裡拿出棉線和馬桶刷，充當牙線和牙刷，在巨人的嘴裡洗洗刷刷。

「呼，終於乾淨了。該我來說笑話了。」

寬寬看著巨人亮晶晶的牙齒，滿意的說。

寬寬還沒開始說笑話，巨人已經哈哈大笑了起來。

「他笑了！快把鑰匙拿來！」梅感琴大叫。

「對，我笑了，不過，我不會給你們鑰匙。因為我是『反悔巨人』，說話總是反悔，哈哈哈……」巨人甩著鑰匙哈哈大笑時，高富帥飛過去叮他，梅感琴乘機伸

出癩蛤蟆的舌頭，將鑰匙捲了過來。

「快點快點。」高富帥搶先飛進電梯。寬寬邊跑邊把馬桶刷和棉線丟向巨人：「要繼續保持口腔衛生喔。」

他們一衝進電梯，電梯便急速向上衝去。

八

話兒顛倒說

「好可怕，這個電梯比雲霄飛車還恐怖。」門一開，寬寬立刻抱著梅感琴衝出電梯，頂樓是一間粉紅色的小房間。

「小甜甜，你在哪裡？」高富帥飛上飛下。

「叔叔，請小聲一點，顛倒女巫很可怕喔。」寬寬提醒著。

「不准說她可怕，她是最美麗的小巫婆。」高富帥繼續叫。

梅感琴翻了個白眼，也跟著扯開喉嚨：「臭巫婆、醜八怪，快滾出來！」

「你說誰醜八怪？」穿著粉紅色篷篷裙的顛倒女巫從衣櫥後面走出來。

寬寬嚥了嚥口水，顫抖的說：「您好，打擾了。」

「喂！醜八怪，快解除你的爛魔法。」梅感琴大叫。

「不准叫她醜八怪！小甜甜，我是小番……」高富帥飛向顛倒女巫。

「你這把可惡的小提琴，居然沒有被我的魔咒變笨，還敢到這兒來撒野！看我怎麼收拾你！」顛倒女巫魔法棒一揮，高富帥飛掛在蜘蛛網造型的窗簾上。

寬寬嚇得抱起梅感琴往後跑，卻被移動的家具擋住去路。

梅感琴氣得大罵：「膽小鬼，跑什麼跑，跟這個醜八怪拚了！」

「不准叫她醜八怪！」高富帥在窗簾上大叫。

第一回合

顛倒女巫一拍手，牆上的時鐘立刻睜開眼說：「第一回合！話顛倒說！」

顛倒巫婆冷冷的說：「琴提小的吵最界世全是我」，梅感琴立刻大聲解答：

「我是全世界最吵的小提琴。」

「你們在說什麼？」寬寬問。

「他們正在鬥法，一人輪流出一題。只要對方說不出來或說錯，就會中了對方的魔法。」

在窗簾上掙扎的高富帥說：「當初，我就是在這裡中了魔法，才會變成高富帥。」

「巫女的大最股屁心噁最醜最界世全是我。」梅感琴興奮的出題。

顛倒女巫和梅感琴的魔法在空中飛來竄去，炸開的魔法彷彿節慶時施放的煙火，把小房間照得一明一暗。

「我是全世界最醜最噁心……」顛倒女巫實在無法唸下去，於是就這樣敗北。

第一回合，梅感琴輕鬆過關。

win!

時鐘接著大叫：「第二回合，顛倒成語！」

換梅感琴先出招：「三心二意。」

顛倒女巫：「專心一致。」

顛倒女巫：「暴跳如雷。」

梅感琴：「心平氣和。」

梅感琴：「成千上萬。」

顛倒女巫：「屈指可數。」

「看不出來你這麼厲害，哼哼哼……」

顛倒女巫露出邪惡的表情，大叫一聲：「白雲蒼狗！」

「我以為是什麼了不起的成語，『白雲蒼狗』的相反是……」梅感琴露出勝利的笑容：「烏雲黃貓！」

梅感琴話才一說完，「砰！」的一聲，在寬寬的懷裡變成一隻有疙瘩、長舌頭的花貓。

九

是敵人還是朋友？

「換你了小熊寬寬！」顛倒女巫一步步逼近寬寬。

「寬寬大師，請你不要傷害她。」高富帥甩掉腳上的蜘蛛絲，飛了過去。

「你是說我會輸他？」顛倒女巫的魔法棒一揮，高富帥又掛在窗簾上了。

「第三回合，顛倒語意！」

「聽說你是音樂大師！」顛倒女巫惡狠狠的出題。

「實際上……我只是初學者！」寬寬不知道已經開

始比賽，他低著頭害羞的回答。

「太厲害了，竟然這樣回答！」高富帥一臉佩服的在窗簾上鼓掌。

「顛倒女巫，我知道你喜歡音樂不喜歡文字，被文字巫師們當成怪胎。其實，我以前也因為喜歡拉小提琴，所以被森林裡的朋友們取笑。其實我們根本不怪也不壞！」寬寬想起他在二樓地板上面看到的那些字，不知不覺說出了這段話，不知道這些話已經成了他出的題目。

「什麼？」顛倒女巫的臉色一會兒紅、一會兒綠，半天說不出話來。

「快回答，時間快到了。」

牆上的時鐘不停倒數著。

「我……不喜歡音樂，是個怪胎也很壞，你不喜歡音樂，現在卻被我誇獎和喜愛，你是騙我的……」

顛倒女巫的眼睛充滿紅紅的血絲，寬寬覺得她好像快哭了。

換顛倒女巫出題：「你是可惡的敵人！讓我痛苦不堪！」

聽到顛倒巫婆的話，寬寬難過極了，他沒想到自己竟然讓女巫這麼痛苦：「我只是想和你做朋友，不希望你難過。」

寬寬怕顛倒女巫誤會，繼續解釋：「我是真的想跟你交朋友，明天，樂活森林要舉辦賞月大會，在松樹爺爺旁的空地。歡迎你來參加。真的！」

顛倒女巫睜大眼睛，瞪著寬寬，一句話也說不出口，直到牆上的時鐘大叫：「顛倒女巫你這沒用的東西，竟然第二次輸給這隻小熊，你是文字巫師家族的恥辱！」

寬寬拿起痠痛藥布，貼住時鐘的嘴巴：「不可以罵

我的朋友！」

「朋友？你是說我？」顛倒女巫摀著紅通通的臉問。

「對啊，你是我的朋友啊。」寬寬說。

顛倒女巫的臉變得更紅了，

她大叫著：「天啊，我有朋友了！我有朋友了，哈哈哈……」這時，數道光芒從顛倒女巫的魔法棒裡射出，接著她變成一隻小蝙蝠從窗戶飛走了。

「明天別忘了來參加賞月大會喔。」寬寬對著小蝙蝠的背影叫。

剛爬下窗簾的高富帥，瞬間變得矮矮又胖胖。梅感琴也變回原來的模樣。

變胖的高富帥，對著窗戶叫著：「小甜甜，我是小番薯！」
「啊，我想起來了。顛倒女巫最喜歡的人就叫做小
番薯！」梅感琴恍然大悟的叫道。

「什麼？真的？小甜甜等等我！」變回小番薯的高富帥，興奮的將自己變成一隻胖蝙蝠追了出去。

當兩隻蝙蝠飛遠，高塔下方傳來一陣陣歡呼聲：

「寬寬大師萬歲！」

「他們在叫什麼？」寬寬一頭霧水。

「他們在謝謝你，解除了顛倒女巫的魔法。」

「梅感琴？你恢復了？真是太好了！可是，為什麼你還有眼睛和嘴巴？」

「我原本就有眼睛和嘴巴，只是第一次被顛倒女巫抓走時，她嫌我太愛哭，所以封了我的眼睛和嘴巴，現在能找回來美麗的眼睛和小巧的嘴巴，真是太好了。寬寬，我要謝謝你，還有，我真正的名字是恆多琴。」

恆多琴帶著微笑，落下眼淚。

秋夜涼、月兒亮、大家一起同歡唱

美食香、表演棒、美好時光心底藏

今年的賞月大會最特別。

新搬來的小番薯先生，

在寬寬和恆多琴的祝福樂曲中，

迎娶他最心愛的——

蔣時化女巫，就是決定

不再說謊的顛倒女巫。

當典禮完成時，恆多琴原本想送給新婚夫妻，滿山滿谷從天而降的鮮花雨，沒想到寬寬拉錯音，結果落下無數的鮮瓜。

有冬瓜、西瓜、南瓜、香瓜、絲瓜和哈密瓜。

「寬寬啊——真有你的風格啊！」在恆多琴的嘆息和大家的歡笑聲中，賞月大會畫下美麗的句點。

【音樂小教室】打擊樂器音樂課

小朋友快排一排，老師要來打你們囉。

小朋友歡呼：耶！好棒！

我最喜歡上音樂課了。

對啊，上音樂課時，綿羊老師會打我們，真好！

章魚校長從教室外探頭……

小朋友你們排隊在做什麼？

我們等著讓老師打！

什麼！老師體罰！不行不行，你們統統回座位。

校長，可是他們一回座位，我就沒辦法上課了。

你在上什麼課？

當然是音樂課啊！

太可惡了，上課竟然要學生排隊讓你打！我一定要免職你。

什麼！（老師嚇昏了）

全班一起叫：校長，你害老師昏倒了，這樣我們怎麼上音樂課？

校長，你讓我們最喜歡的音樂課上不成了！

你們喜歡被老師打？

小朋友大叫：對呀，對呀，我們等好久耶。

為什麼？竟然有小朋友喜歡被打？

小朋友一起回答：因為我們是打擊樂器啊，當然喜歡被打。

打擊樂器？我只聽過打擊犯罪，沒聽過打擊樂器。那個三角頭小朋友，你叫什麼名字？

ㄎㄧㄤ　ㄎㄧㄤ　ㄎㄧㄤ，我們很有名喔。我是三角鐵！

那個大嘴巴小朋友呢？

喀喀喀，我是響板。

小光頭呢？

我是木魚！

校長，我是小鼓，我旁邊的是大鼓，還有我後面的是鈴鼓。我們都是打擊樂器，打擊樂器當然要敲打，不然怎麼會有聲音？

匡～匡～匡～

音樂課已經過半節了，到底還要不要上啊～啊～啊～

要上要上，當然要上。小朋友快排好隊，現在由校長來上音樂課。

還好章魚校長有很多手、很多腳，可愛的打擊樂器們，終於如願的度過一堂熱鬧又快樂的音樂課。

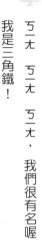

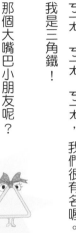

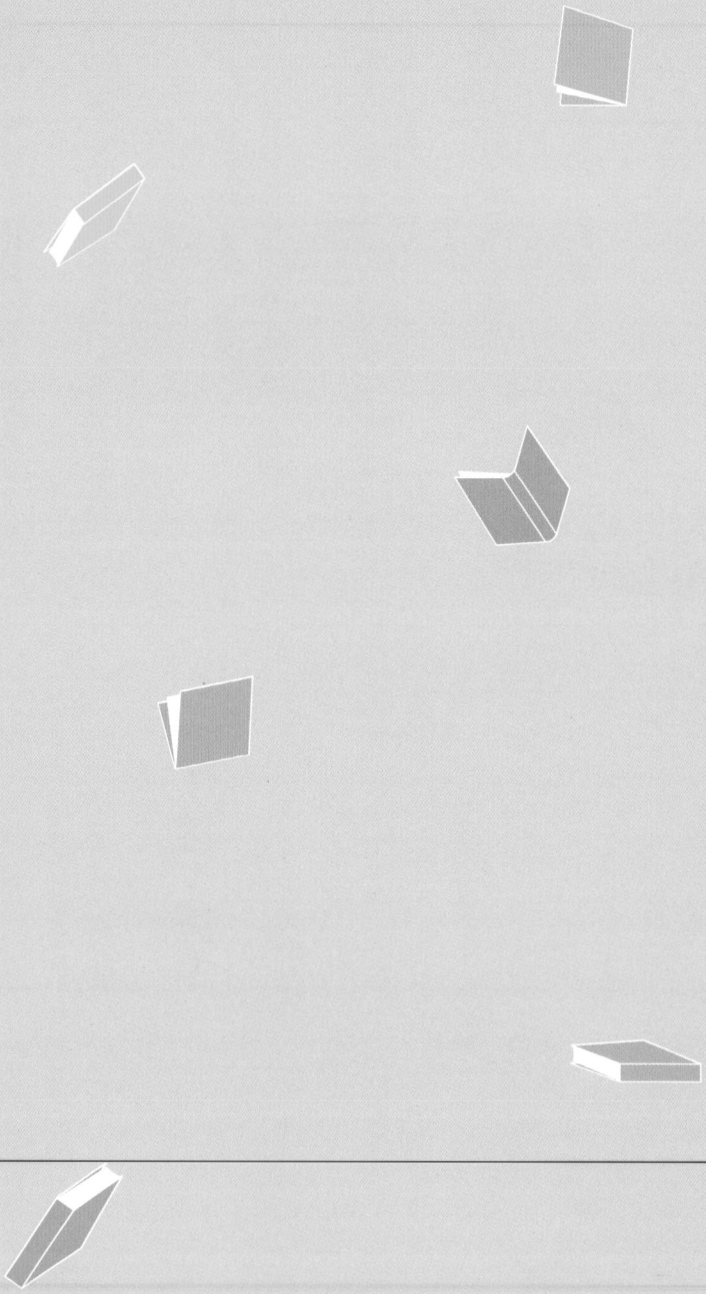

閱讀123